嗯。佐羅力大師如果你也去救一隻海龜……
嘻嘻呵呵，沒錯。這樣的話，我就能被邀請到龍宮城，還有機會遇見漂亮的龍宮城公主啦。
如果漂亮
喜歡上佐
那麼，
龍宮城就
變成佐羅
沒錯！嘻嘻呵呵。
……
聽說，浦島太郎打開了在龍宮城拿回來的珠寶盒，結果，一轉眼，他就變成了老公公。
放心，本大爺已經知道會有這種後果，所以，只要我們不打開珠寶盒，就沒事啦。
佐羅力大師，您好聰明啊——這樣我們一定會得到一個幸福快樂的結局。

怪傑佐羅力之
海底大探險

文·圖 **原裕** 譯 周姚萍

佐羅力大師，我一來到海邊，就覺得渾身是勁耶。
可不是嗎，我也一樣，而且，我們還打聽到超令人驚訝的消息。
我呢，我要用親手做的釣竿釣起各種大海美食，讓大家吃到飽、吃到肚子撐。
保冷箱

「嘿，聽說真的有好幾個人，
曾經從這附近的大海前往龍宮城耶。」

佐羅力蹦蹦跳跳的往伊豬豬
和魯豬豬這兒跑來。

「本大爺也要像『浦島太郎』一樣
去拯救一隻海龜，
讓海龜載我去龍宮城，這樣就能遇到
美如天仙的龍宮城公主啦，
嘻嘻呵呵……唔？」

開心露出笑容的佐羅力，
突然間

感覺到
一陣寒意襲來。
當然，伊豬豬和魯豬豬也同樣籠罩在寒氣中。
三人連忙往四周一看——

一群手拿鐵鍬和十字鎬、
頭戴安全帽的奇怪傢伙，
將他們團團圍住了。
「你、你們是何方神聖？」
「我們幾個可是兩手空空，
身上一毛錢都沒有喔。」
伊豬豬和魯豬豬
這麼一說，
佐羅力

也開口了：

「對啊，
我們幾個窮人
從昨天晚上就開始餓肚子了，
你們要是想攻擊我們，
想從我們身上榨出油水，
那是不可能的！」

對於一無所有感到非常有信心的三人，
他們一抬起頭、挺起胸，就聽到——

「佐羅力大師，是我們啊。」

那些人急急忙忙脫掉安全帽，原來是妖怪學校的老師和妖怪們。

「唉呀，原來是你們。我不是說過請你們現身時，不要那樣陰氣森森、讓人感覺毛骨悚然哪。」

佐羅力露出了深感困擾的表情。

「大家幹嘛裝扮成這樣啊？」

聽到伊豬豬這麼問，妖怪學校的老師說：

「是這樣的，我們妖怪學校要成立幼兒園。不過，如果把妖怪圖案當標誌，小妖怪們會因為害怕而不敢入園。所以就改用可愛的天竺鼠當標誌，幼兒園也取名為天竺鼠學園。」

妖怪學校的老師指著安全帽上的標誌解釋：

「不過，

由於幼兒園缺少成立的資金，
剛好就在這個時候，
我們獲得一個很可靠的消息，
得知那座山上埋藏著
塞滿珠寶的『大葛籠』，
所以我就帶著妖怪家長們一起來挖寶。
我還聽說附近有溫泉湧出，
這樣的話，
要是挖寶挖累了還能每天晚上去泡溫泉，

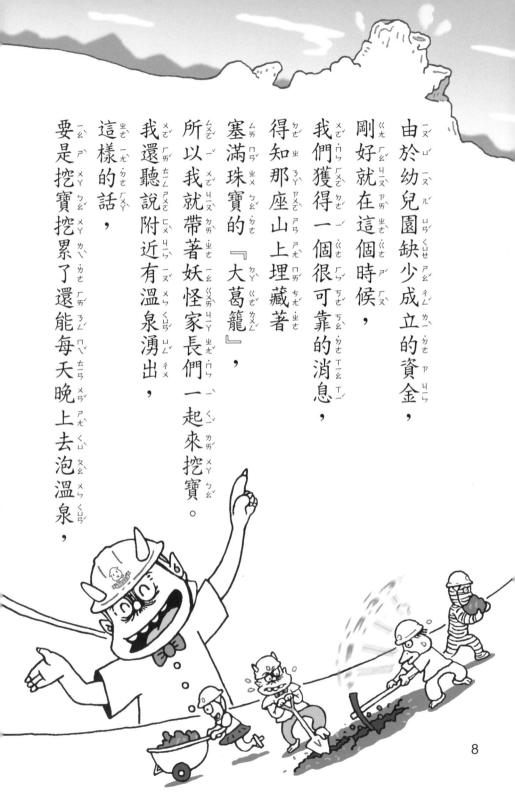

舒緩疲憊的身體。
怎麼樣呢？
佐羅力大師也一起來吧，
當然，要是能挖出寶藏，
一定會分紅給您的。」
妖怪學校的老師向佐羅力提出邀請。

這時，伊豬豬眼中充滿疑惑的說：

「我記得日本民間故事〈剪舌麻雀〉裡，明明說從『大葛籠』裡出現的不是寶藏，而是鬼和妖怪耶。」

「不不不，妖怪的事我們最清楚了。那個故事是很久很久以前人們道聽塗說傳下來的，不能相信。現在的那個『大葛籠』裡面裝的絕對是寶藏沒錯。嘿，要是佐羅力大師能加入的話，大家找起寶藏肯定會更有信心，

所以請務必和我們一起去。」

儘管妖怪學校的老師如此熱情邀約，佐羅力仍斷然拒絕。他說：

「現在呢，本大爺有更應該去的地方，城堡和美嬌娘都在那裡等著我呢。真抱歉，本大爺幫不上忙。」

「唉呀呀，真是太遺憾了。
那麼，我們就朝著各自的目標
努力前進吧。」

妖怪學校的老師與佐羅力
用力的握了握手，然後就領著妖怪們，
朝向埋藏著「大葛籠」的山上趕去。
而佐羅力他們目送著妖怪離開，
心裡卻還不確定有什麼辦法
可以前往龍宮城呢。

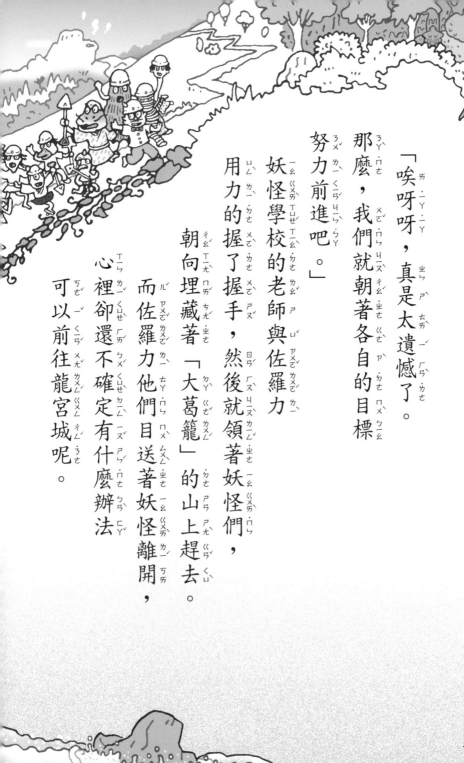

首先，他們非得拯救一隻陷入困境的海龜不可。

於是，他們一到海邊，就馬上開始尋找海龜。

喂——海龜——
就算是小小的煩惱也沒有關係，請一定要說給我佐羅力聽啊。
請問有沒有正遇到麻煩的海龜啊——

然而，哪裡會那麼巧，
能讓他們馬上找到
正好遇到麻煩的海龜呢！
耀眼的毒辣陽光
曬乾了他們全身的力氣，
佐羅力三人很快感到筋疲力竭。
而且從昨天晚上開始，
他們就幾乎沒有吃過東西了。
現在，對他們三個來說，

最需要的就是食物。

「對！我們要先把肚子填飽才對。
我一定會用手上這根釣竿，
釣起一堆
無敵美味的海鮮
給你們看！」

打起精神的魯豬豬
飛快的甩出釣竿，
接著，他陸陸續續釣起了……

一堆垃圾。有空罐、
長靴、撞壞的橡木桶，
還有寶特瓶。
就在這時，
「哇！這、這下子釣到
大的喔。」
魯豬豬手上的釣竿
被用力拉彎，
他還感覺到有東西正咬住魚鉤。

看到這樣的情景，
佐羅力和伊豬豬也跑過來幫忙使勁拉。
這一拉——

從海裡面
被釣竿釣起的，

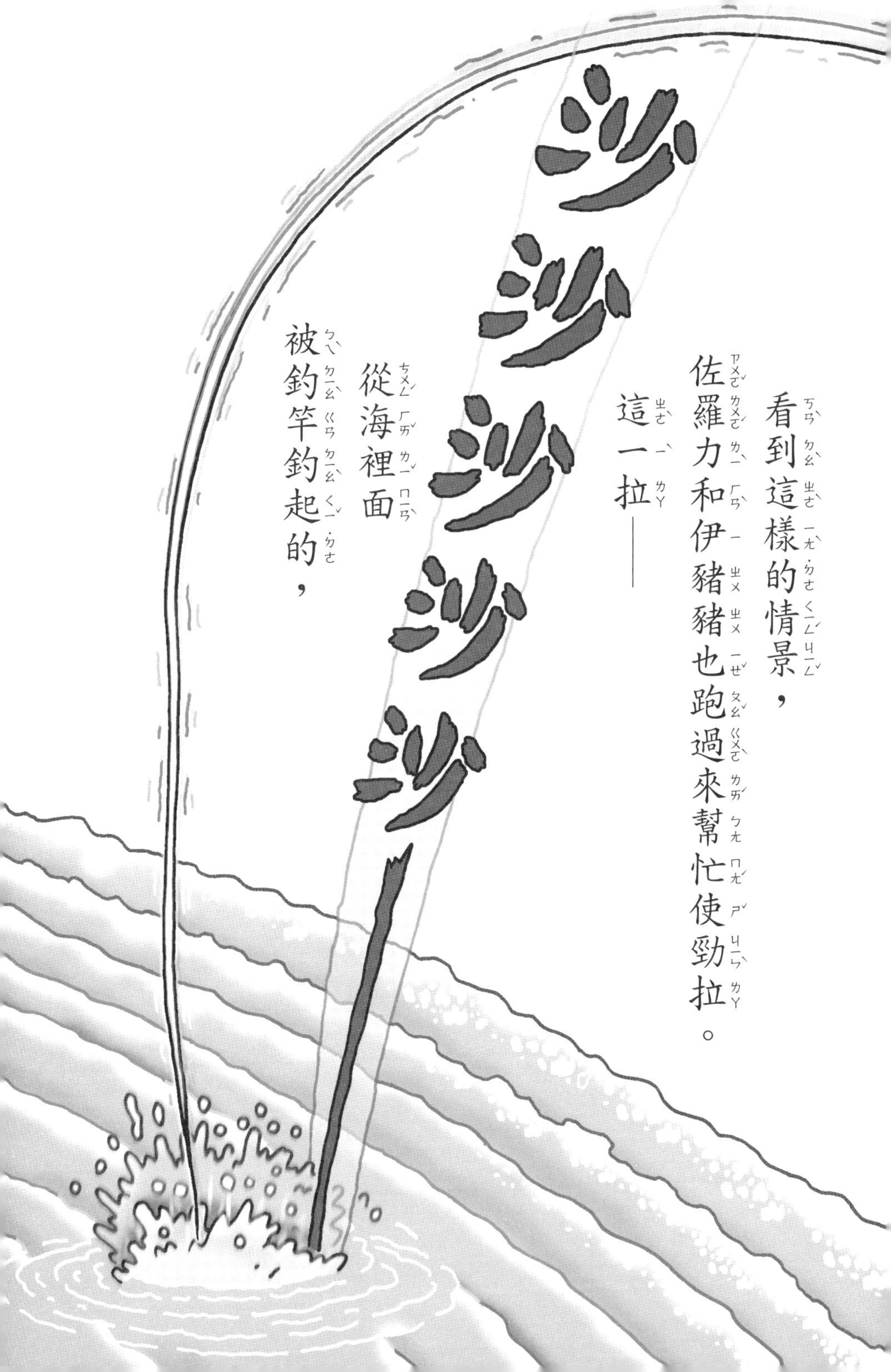

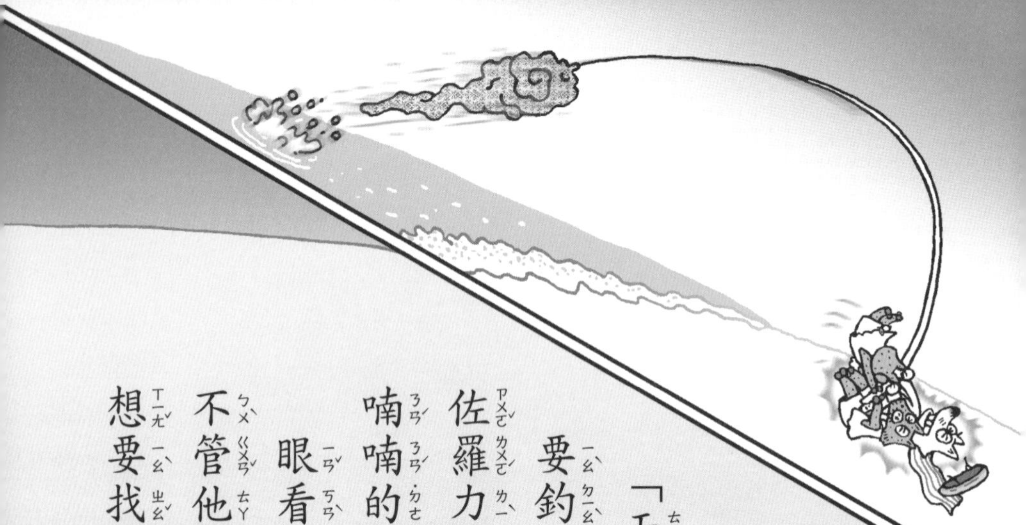

是一坨發出劈劈啪啪聲的破爛塑膠布。

「天哪，大海被汙染得好嚴重，要釣到海龜就更困難了。」

佐羅力不禁垂頭喪氣、喃喃的說。

眼看太陽即將沉落海平面。

不管他們再怎麼想要找到海龜，

也只能等明天了。
好不容易，
在天色變暗以前，
三個人用盡
最後一絲力氣，
總算在沙灘上
布置好睡覺的地方。

他們利用生長在附近的樹木與草葉，
隨意的架起一個簡陋小屋。
筋疲力竭的三個人，
將釣起來的塑膠布當作被子，
你擠著我，
我靠著你，
沉沉的睡著了。

海浪來來往往的
拍打著海岸，
海浪的聲音聽得很清楚，
當天上的星星開始閃爍時，
有一個巨大的黑影，
悄悄的接近佐羅力他們的小屋。
那團黑影伸手摸了摸那塊
破破爛爛的塑膠布後，
便大喊著：

就是這塊塑膠布。

那個喊叫聲很大，
嚇得佐羅力三人
突然驚醒。

「各位，非常感謝你們白天時的幫忙，
我是來報恩的。」

一隻大海龜說完，
對著佐羅力他們深深一鞠躬。

（這是怎麼一回事啊，
難道本大爺在做夢嗎……）
也難怪佐羅力會這麼想，
因為佐羅力他們完全
不記得自己曾經救過海龜。
「各位，這並不是夢，
請你們聽我細細道來……」
於是海龜向他們
說明起事情的原委。

當時，我誤將塑膠布吞進嘴巴，結果卡在喉嚨裡，我正痛苦得喘不過氣時，
噗咚
海面上落下了釣鉤，
嗚嗯嘔
從我的嘴裡將塑膠布鉤走了。
咻嚕咻嚕
嘶波
那塊塑膠布上面的花樣，我怎麼樣也忘不了。要是再晚一點，我就會因為喘不過氣而死掉。你們就是我的救命恩人。我可以帶你們到想去的地方，當作對你們三位的謝禮。

佐羅力他們竟然意外救了海龜。一搞清楚狀況之後，佐羅力立刻一百八十度的改變了態度說：
沒錯！
沒有精準定位哪能用魚鉤把這塊塑膠布釣上來？過程可辛苦了，對不對？魯豬豬。

那我們就恭敬不如從命，就答應讓你來好好的答謝一番和報恩吧。
佐羅力一變身成怪傑佐羅力，就催著伊豬豬和魯豬豬，要他們也快點跨坐到海龜的背上。

「那就出發嘍。」
海龜說完，先給了
佐羅力他們一人一個
水母模樣的氧氣頭罩，
然後才游進海裡。

很奇妙的，
只要一套上
水母型的頭罩，
即使在海中也能呼吸，
還能自在欣賞
四周的美景。

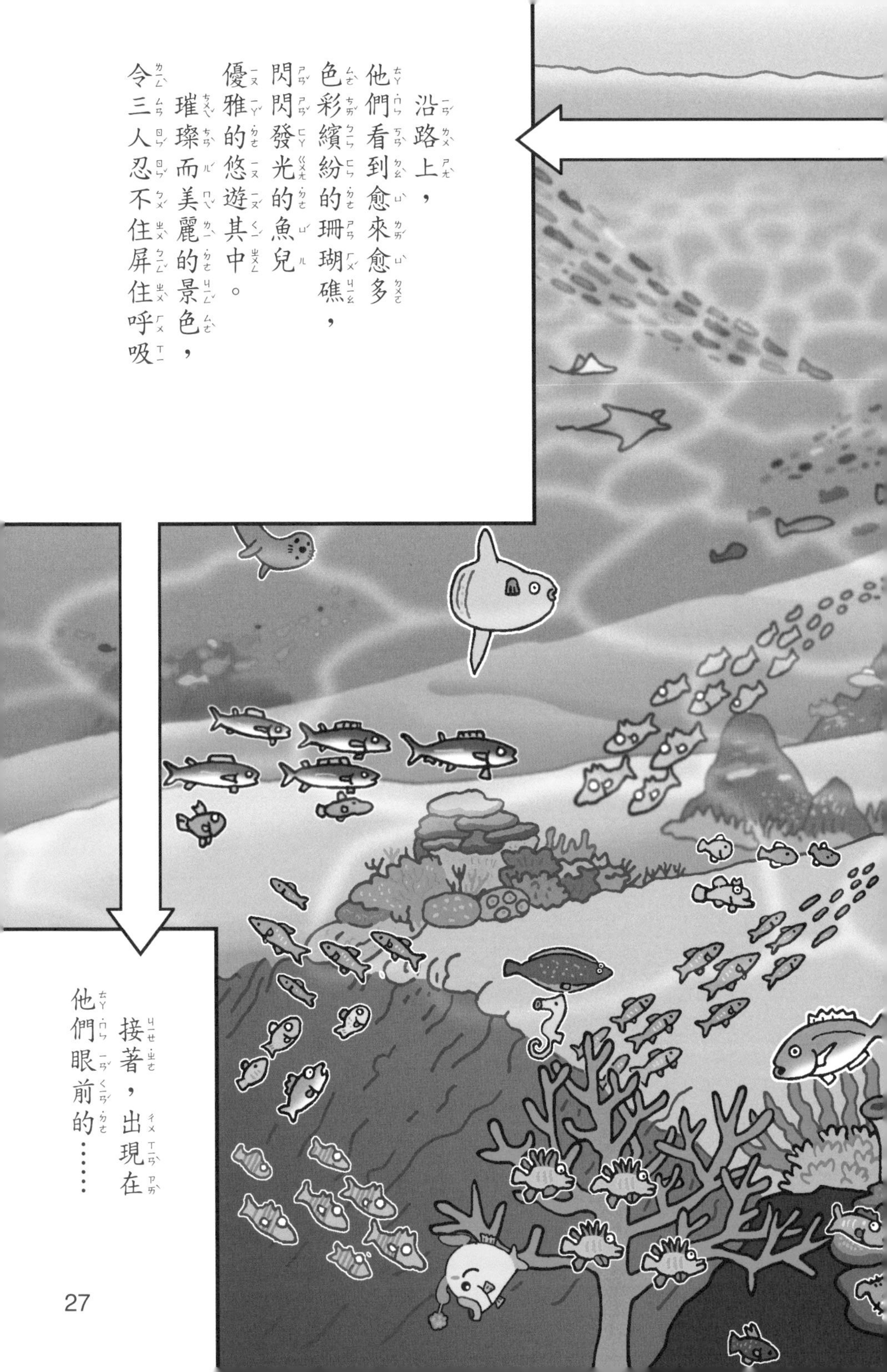

沿路上，他們看到愈來愈多色彩繽紛的珊瑚礁，閃閃發光的魚兒優雅的悠遊其中。璀璨而美麗的景色，令三人忍不住屏住呼吸

接著，出現在他們眼前的……

一定就是龍宮城了。
站在入口處迎接他們的，
也無疑就是龍宮城公主。
謝謝各位拯救了海龜。自古以來，我們都會為珍視大海的人敞開大門，並且一定會充滿謝意的熱情款待。請各位一定要好好的享受這一整天喔。
公主笑盈盈的看著佐羅力他們。
而佐羅力的視線更是早已黏在她的身上離不開。

公主舉起手來，咻的一下，他們眼前就出現一條巨大的魟魚。佐羅力他們全都一起乘坐到魟魚身上。

首先呢，請大家由上方俯瞰瀏覽一下這個地方的全貌。

魟魚悠悠晃晃的很快繞了一圈。這裡的空間雖然很寬闊，但是各種遊樂設施卻全部擠在一起，顯得相當侷促，不過每一種都看起來很好玩。

海帶芽王國
這裡是海中魚兒可以自由自在、盡情玩耍的逍遙遊樂園，也稱為「海族逍遙廣場」。
海帶芽王國的開放空間
竹筴魚飛飛飛
大白鯊
會從大白鯊口中滑過的超驚悚雲霄飛車要小心別被大白鯊給咬住了
逆向高空彈跳哇哇哇
加勒比貝殼博物館
專門蒐集各種來自加勒比海的貝殼博物館
終極過山車
海龜生蛋摩天輪
珊瑚王國
入口廣場
逍遙遊樂園
飛魚跳跳樂

海族逍遙廣場
表演大廳
放浪海豚
兄弟秀
小河豚噗先生
水中撲蟹
鉤下
留魚
將被魚鉤鉤住的魚
順利救出之遊樂設
鉤到了
拔掉
昆布王國
海牛
旋轉杯
海馬碰碰咚咚
這個遊戲設施
的規則跟
打保齡球一樣
是一種用球將
海馬擊落的
遊戲。
海綿
鱈魚・河豚
路邊攤總匯
辛・最終
魔鯨
進擊的
鮒魚
3D
劇場
花園鰻魚
敲敲樂
鰩魚烏賊
哥倆好
射尖嘴圓尾
鶴鱵飛鏢
窩斑鰶
城堡
章魚祭典舞
滑溜溜
鰻魚雲霄飛車

佐羅力他們還享有一項特別的待遇。

那就是這裡所有看得到的遊樂設施，不管是乘坐器材還是遊戲，他們全都能盡情玩個痛快。

接下來他們一同來到舞臺區，

他們還可以在各個表演場地，獨占第一排的貴賓位置，欣賞特別的演出秀。
鯔魚草裙舞
鯛魚、比目魚的歡樂迎賓舞
青魽馬口鐵之舞
在海帶芽王國的開放空間裡，有一位魚名專家，他會教導大家學習各種魚的名稱念法。
魚字邊的部首再加上「雪」，ㄒㄩㄝˇ，請念念看——嗚喔嗚嗚喔嗚嗚喔——
請記住這些部首是「魚」的字該怎麼念吧。
鮑 ㄅㄠ
鰻 ㄇㄢˊ
鯰 ㄋㄧㄢˊ

首先，他們在一開始走進來的入口廣場，欣賞了「鯛魚、比目魚歡樂迎賓」舞蹈秀。

曼波魚之
曼波舞
秋刀魚之
森巴舞

接著，最特別的主秀即將要在海族逍遙廣場的表演大廳上演了——

鱔 鯉 鯖 魟 鰹 魷
鰍 鮭 鱈 鯽 鰈 鯛
魴 鯨 鯧 鮪 鯢 鱸

正在臺上賣力又唱又跳的藝人，是酷帥男團「放浪海豚兄弟」。當然，在觀賞主秀的同時也提供了豪華盛宴。
放浪海豚兄弟表演秀
第三代 比目魚天團 D SOUL BROTHERS
這可是很難拿到入場票的超人氣紅不讓巨星演出喔。

搞笑演出和歌手表演
你好，我是哥哥
你好，我是弟弟
鰉氏兄弟
蔡一鱗
得天獨「鱟」
咕嚕娃娃海獺
費玉鯖
讓我們變成水族吧
河豚？
非也，我是刺魨啦。
揪揪鞋和大胃王牽牽
海獺合唱團
海的名字
這一群合鯝
沈遇鱗
破浪大白鯊
這是特地從河川裡邀請來的特別嘉賓淡水魚女神。
由於淡水魚很難適應在海水中生活，所以，特別安排讓她在透明箱裡頭放聲高歌。
我是香魚天后養成鱗。
住持不是都理光頭嗎？你怎麼有頭髮？
我是來主持，不是當住持。
鮪國成
鮪半麵老闆

這一整天裡，佐羅力他們徹底的盡情玩樂。除了肚子裡塞滿了美食，心裡更是感到滿滿的幸福。公主也很開心的對他們說：

你們能吃喝玩樂得這麼愉快，真是太好了。這是逍遙遊樂園的年度通行證，請你們收下。這裡每一季都會推出新的活動喔，歡迎三位隨時大駕光臨。
那就太感謝了，不過我們好像還有一處遊樂設施沒有去玩過呢。
哦，是哪裡呢？

「你們看，那座大廳的後面有個地方感覺陰森森的。我想那裡可能是鬼屋吧，快過去玩吧，我超期待的。」

「啊！那裡是……」

公主的臉上籠罩著一層陰影。

「我不想打破大家的美好印象，所以才沒帶你們去那裡……」

公主勉為其難的帶領佐羅力他們過去……

那裡是壞掉的車子、遇到海難的沉船，
以及一大堆破破爛爛的東西所堆成的
巨大垃圾山。

「這是陸地的垃圾，
隨著海中的洋流
漂到這兒的結果。」
公主露出
悲傷的表情
說著。

「好——

就交給本大爺來解決吧。」

佐羅力絕招中最厲害的，

就是利用廢棄物製造出有用的東西。

伊豬豬和魯豬豬趕忙開始進行垃圾分類。

「來吧，大海中的所有朋友，

你們也都一起來幫忙吧。」

佐羅力非常俐落的指揮著海中的魚兒們，

結合大家的力量製造出了……

利用廢棄物所製造出來佐羅力潛水艇！
這艘巨大的潛水艇。
設置在耳朵處的兩個螺旋槳，可以提供潛水艇往前推進的原動力。
在入口處將身上的水擦乾，才可以脫掉水母頭罩進入這個房間。
艙門
魯豬豬的座椅
伊豬豬的座椅
入口
從這裡進入，只要關上艙門就能夠隔絕海水。
海水將會透過這些管子排放到外頭去。
沒有被使用於製造潛水艇的剩餘廢棄物，可以在此處集中燃燒以轉換為能源。
利用這些能源所產生的動力，可以讓玻璃瓶以狗爬式的運作向前推進。
不但徹底把垃圾山消滅了，居然還能完成這麼酷的交通工具，佐羅力先生真是太厲害了。

潛水艇所運用到的另一種動力來源——可燃冰。公主告訴佐羅力可以運用這種燃料來作為運輸動力。
燃料 可燃冰
由於深海裡大氣壓力的關係，使得甲烷與水會像雪酪一樣混合在一起，稱為「可燃冰」，是一種新型態的燃料。
照明燈
機艙駕駛操控室
佐羅力的座椅
還不只是這樣喔。
有了這艘潛水艇，以後我們想要到這裡來，就不用一次又一次的拯救遇到麻煩的海龜。年度通行證也能夠充分運用，一點都不會浪費啦。
將玻璃瓶對剖切割開來，安裝在潛水艇下方，形成如同蜈蚣百足般的機關。
年度通行證
佐羅力洋洋得意的說明完畢之後——

那麼，希望很快能再與你們見面。
我也非常期待這裡之後要興建的新遊樂設施呢。來，這是感謝三位大駕光臨的紀念禮品，請收下。
海族逍遙

伊豬豬由公主的手上接過一個大型提袋後，他們三人就依序登上由佐羅力所製造的潛水艇。

佐羅力脫掉水母頭罩，坐上駕駛的位置。就在他打算出發前往陸地時，一個巨大的長形黑影一下子擋住潛水艇的去路，害他們三個嚇得全身抖啊抖——

佐羅力先生，那是龍宮使者。
由於你們將廢棄物製造成潛水艇，
讓大海變乾淨了，
為了表達感謝，
深海裡的公主想邀請你們
到龍宮城去。這是很罕見的榮耀喔，
恭喜三位。

公主游到潛水艇那兒，
這麼告訴佐羅力。

咦？這裡不就是龍宮城嗎？
本大爺一直以為
你就是龍宮城公主。

佐羅力聽了非常驚訝——

「這裡是快樂的海中遊樂園——『海族逍遙廣場』，另外呢，我是宣子公主，宣揚的「宣」。龍宮城是一座位在更深海裡的華麗城堡，除此之外，漂亮的智子公主也在那裡等著你們。
智子公主？
「沒錯，龍宮城的公主名叫智子，大家都稱呼她為『智子公主』」。
啊。
這不重要啦，佐羅力先生，你看，龍宮使者正在等著你們呢。

「好，那就有勞龍宮使者了。」

聽見佐羅力朝氣蓬勃的回答，龍宮使者優雅的晃著長長的背鰭，往大海深處游去。

佐羅力他們緊緊跟在龍宮使者後面，一路航向墨黑色的深海，最後消失了蹤影。

宣子公主看著他們遠去，說：

「他真願意為大海著想，是一位很棒的人哪。爸爸。」

是啊，要是那位先生能夠與智子公主結婚，

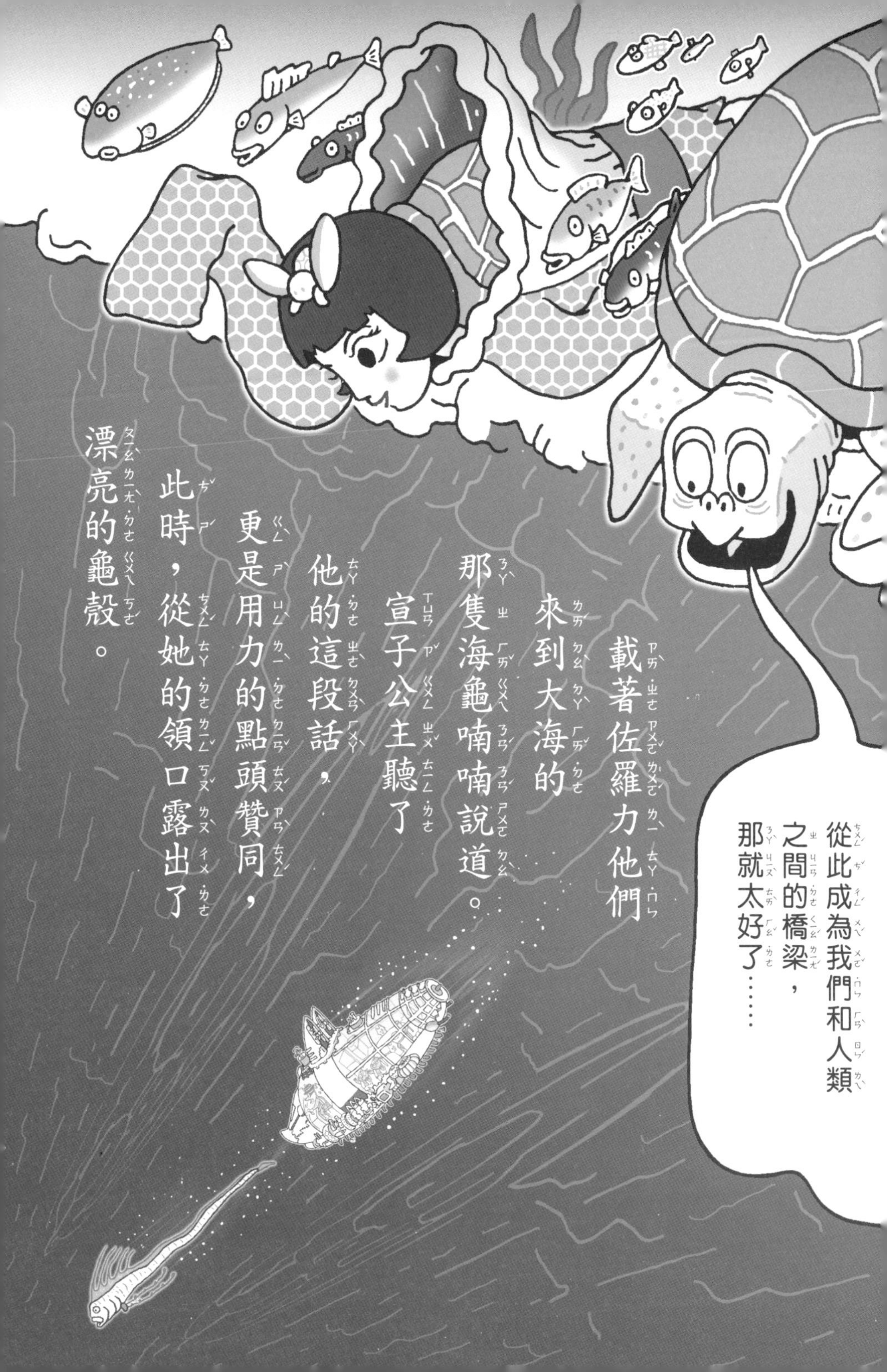
從此成為我們和人類
之間的橋梁，
那就太好了……

載著佐羅力他們
來到大海的
那隻海龜喃喃說道。
宣子公主聽了
他的這段話，
更是用力的點頭贊同，
此時，從她的領口露出了
漂亮的龜殼。

佐羅力駕駛潛水艇，
緊緊跟在龍宮使者後面
潛入深海，四周漸漸變得
沒有一點亮光、漆黑一片。

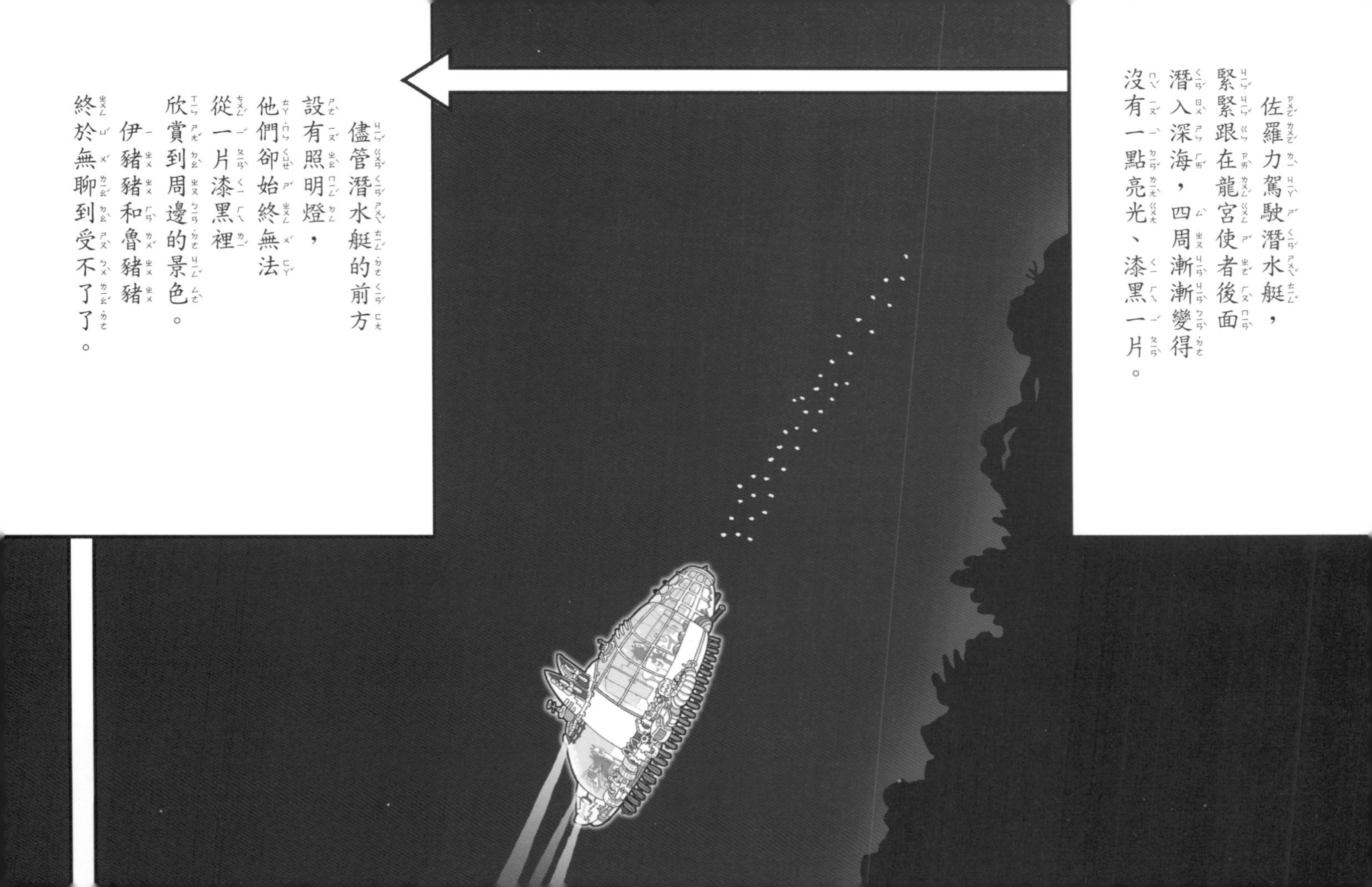

儘管潛水艇的前方
設有照明燈，
他們卻始終無法
從一片漆黑裡
欣賞到周邊的景色。
伊豬豬和魯豬豬
終於無聊到受不了了。

總算是被我等到了。位於深海之中的龍宮城，那裡全都黑漆漆的，所以我也不必再畫圖啦。
各位讀者，真是抱歉啦。接下來的海底情景依然都會是一片黑漆漆的世界，因此請別認為是我偷懶不畫喔，呵呵。
在這樣的時刻，兩人想起了——

宣子公主送給他們的禮物。

「裡面裝了什麼啊？快打開來看看。」

伊豬豬和魯豬豬從紙袋裡拿出禮物，問佐羅力：

「我可以打開這個盒子嗎？」

「可以吧，佐羅力大師。」

這時，佐羅力正努力追趕著在前方引導的龍宮使者，他很擔心會跟丟，根本沒時間管別的事。

「嗯，隨你們高興。」

佐羅力隨便敷衍的回答，然後瞄了一眼伊豬豬和魯豬豬他們正打算打開的盒子。

不管怎麼看，那個盒子就是珠寶盒呀。

喂！不行不行！
不能打開啊～要是打開盒子，
大家就會在這裡
變成老公公——

佐羅力慌忙大喊。

不過已經遲了一步。

被打開的盒子裡冒出一股白煙，

出現在他們眼前的，
是一個看起來
很美味的便當。
啪嚓
呀喝～～
哇——
這、這不是那個知名的
鐵路便當「幸福珠寶盒」嗎？
我知道了……一定是
被招待到逍遙遊樂園玩的人，
回到陸地上以後，
參考了這個美味便當
才推出鐵路便當的構想。
致讀者
想更了解關於鐵路便當「幸福珠寶盒」的相關故事，請閱讀《怪傑佐羅力之恐怖超快列車》唷。
這款便當，上一次
我們無緣吃到，
作夢也想不到
居然可以在這裡
和它相遇。
我要開動啦——

幸好最後並沒有
變成老公公，這讓佐羅力
大大鬆了一口氣。
幸福珠寶盒果然是會
讓人心醉神迷的美味便當。
不過，便當只有一個，
三人分著吃，
一下子就吃光了，
有種不夠吃的感覺。

舔啊
舔啊
應該向公主拿三個便當才對啊。
是啊。

原本黑漆漆的深海，
四周突然變亮，
在他們的眼前
矗立著一座城堡。
這應該就是
如假包換的龍宮城吧。
城堡上有一顆巨大的珍珠，
像太陽般閃耀著光輝，
照亮了四周海域。

咦——
這裡居然像白天一樣亮耶——
果然還是得把所有圖一清二楚畫出來——
唉呀呀。

前來城門口
迎接佐羅力他們的，
是以前從沒看過的奇特魚兒。
而且，還有他們期待許久的——

龍宮城公主本尊，
也就是智子公主，
終於現身了。
佐羅力他們三人
重新戴上水母頭罩，
離開了潛水艇，

本大爺名叫佐羅力，這兩位是我的夥伴伊豬豬和魯豬豬。謝謝公主邀請我們來龍宮城。
我是伊豬豬。
我是魯豬豬。

初次與各位見面，我是智子公主。你們利用廢棄物製造而成的就是那艘潛水艇吧。佐羅力先生、伊豬豬先生、魯豬豬先生，謝謝你們將海洋清理乾淨。請三位在龍宮城接受我滿懷謝意的精心款待。

智子公主一邊說，一邊帶領他們三人進入龍宮城。

大廳裡的桌子上擺滿了各種前所未見的料理。

來，請大家盡情享用。

那些料理不只口感奇特，其美味更是佐羅力他們生平第一次嘗到，

深海小麥精製麵包
富含顆粒口感的阿波利斯湯品
沐浴香氣的滑溜溜果凍
深海水果
波尼波尼與酷露麗
綜合甜品
以海洋深層水調和的
葡魯芊鮮奶油
佐鮮採豐佳拉克

於是，
貪吃的三個人
甚至吃到
連手也停不下來。
過了一陣子，
四周變暗了，
他們等了好久
龍宮城的
精采表演終於登場。

這些料理都是我沒嘗過的味道，所以很難用圖好好的表現出來啊——只能拜託各位讀者自行發揮想像力了。
以鮮脆慕魯包覆燉煮入味的塔波麗是派中之一道絕品
特饌經典 飽含海藻甜味的特拉朵
現做赫拉蕾暮丘佐多麗碧
脆烤卡拉巴蒂

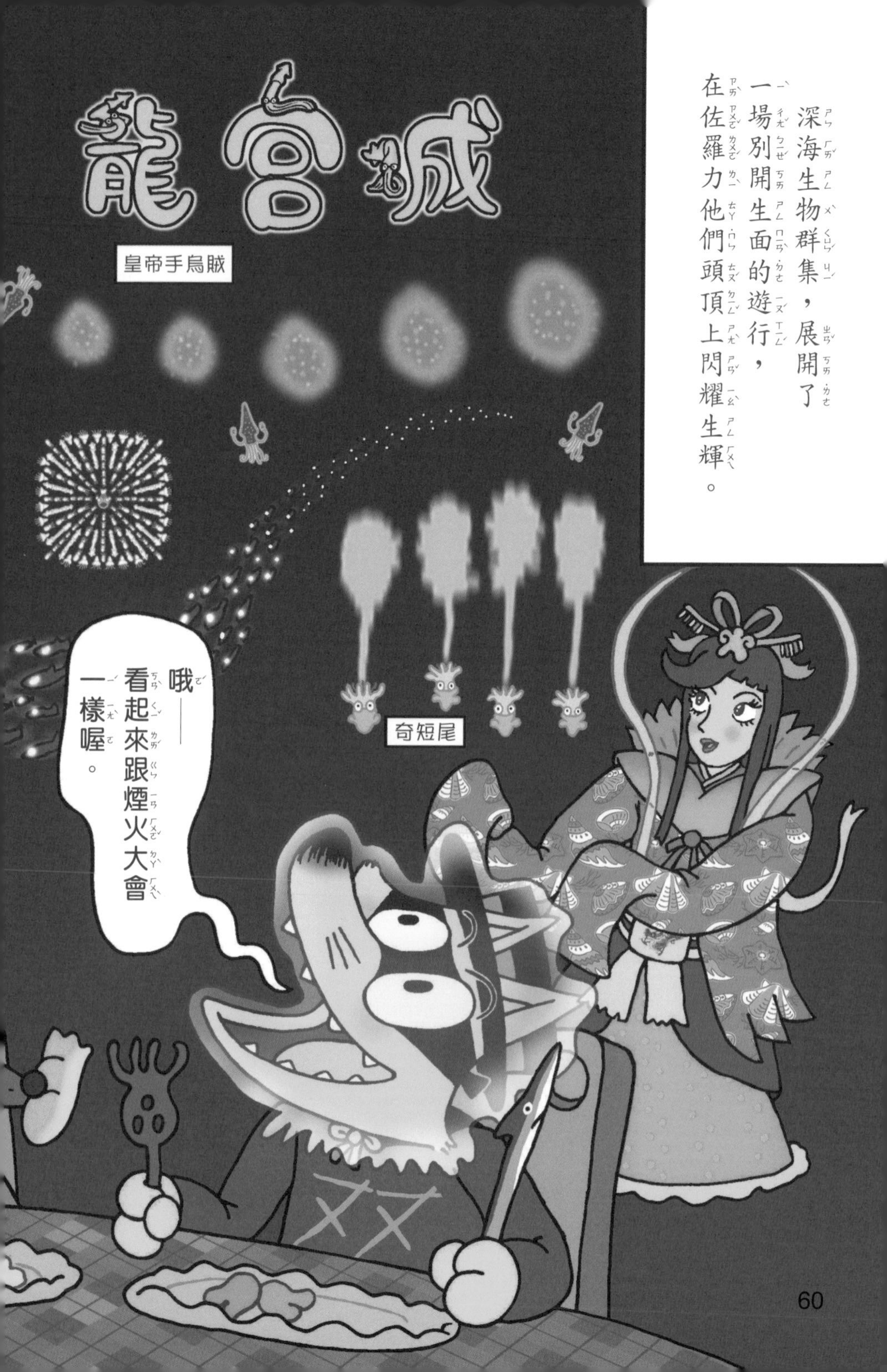
深海生物群集，展開了一場別開生面的遊行，在佐羅力他們頭頂上閃耀生輝。
龍宮城
皇帝手烏賊
奇短尾
哦——看起來跟煙火大會一樣喔。

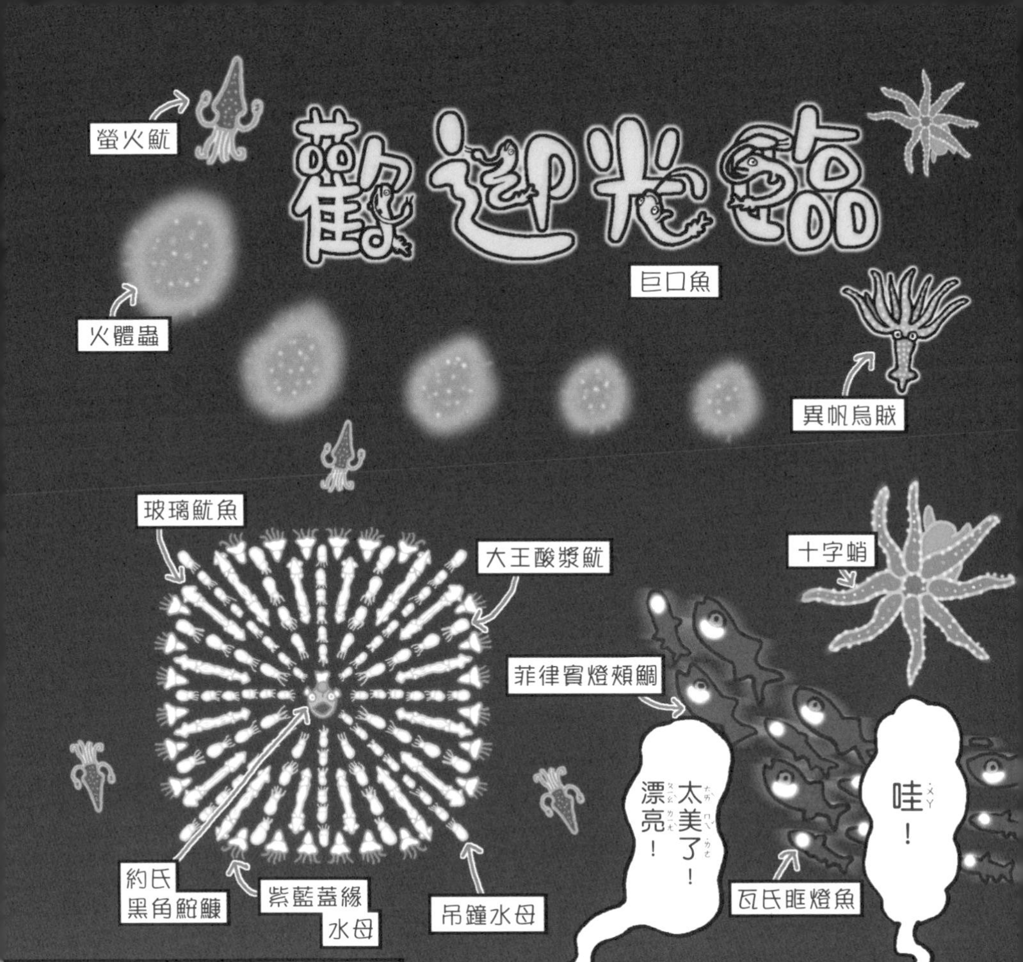

簡直就像是一場夢幻的星空秀。

接下來，聚光燈照亮了舞臺，佐羅力他們也跟著向臺前的座位移動過去——

許多難得一見的深海魚類，一一開始秀出他們的看家本領。

阿氏偕老同穴

哇，這感覺真不錯。
玻璃纖維是一種非常強韌的纖維
儷蝦

●有像頭髮一樣細的玻璃纖維層層交疊生長的海棉動物，裡頭往往會有一對對的小蝦夫妻生活在其中。

大王具足蟲

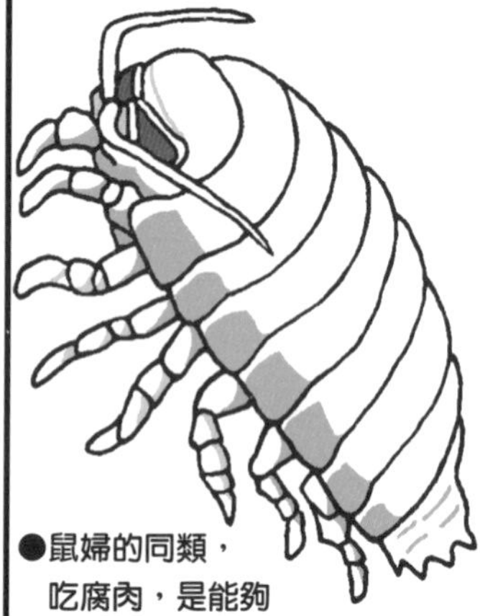

●鼠婦的同類，吃腐肉，是能夠清潔海洋的「海中清道夫」。倘若沒東西吃的話，他們最高的紀錄，可以維持長達五年以上不進食。

腔棘魚

●大約在四億年前就已經出現，是至今仍然存活著的「活化石」，可以稱其爲生物們的老祖宗。

「在地球上，居然存在著像這樣我們所不知道的世界。」深海的種種奧妙就近在眼前，

哇～
哦～

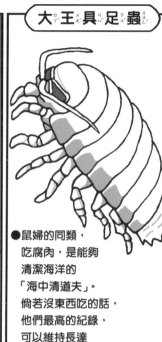

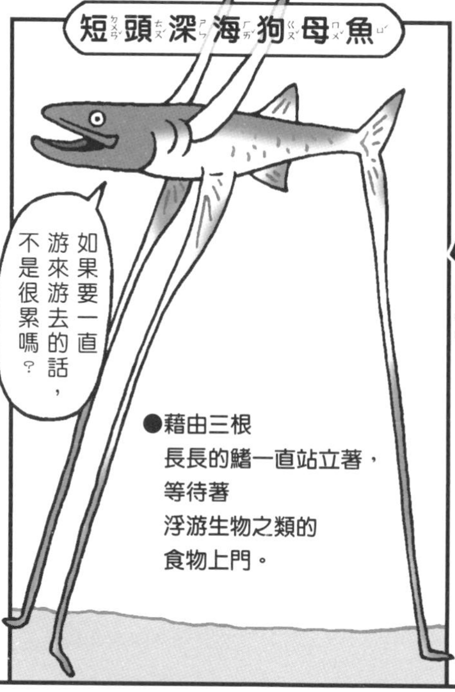
短頭深海狗母魚
如果要一直
游來游去的話，
不是很累嗎？
●藉由三根
長長的鰭一直站立著，
等待著
浮游生物之類的
食物上門。

帆鰭魴
怎麼樣
嚇一跳吧！
啪喀
●一展開背鰭及臀鰭，
體型就變爲七倍大，
讓大夥兒大感驚訝。

令一向
喜愛珍奇事物的
佐羅力三人
感到興奮不已。
到底是
什麼呀？

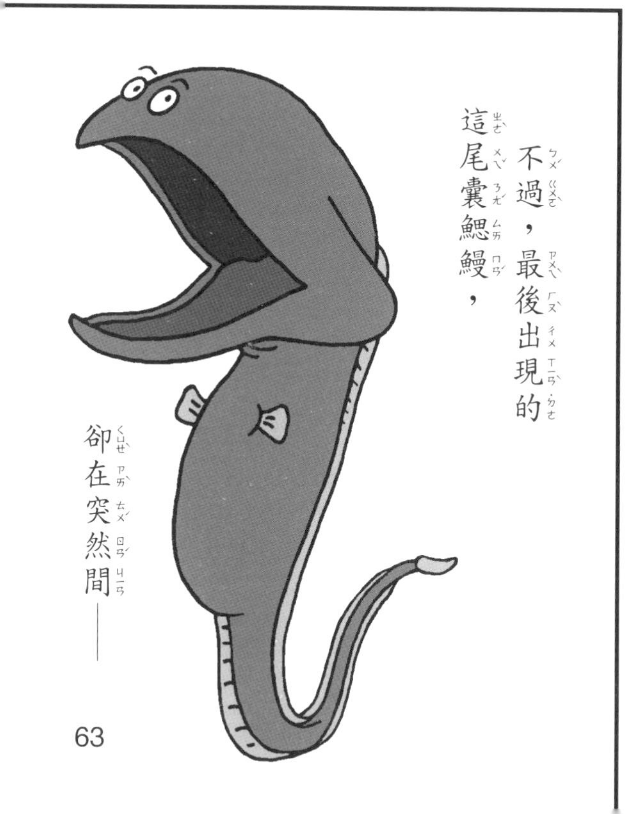
不過，最後出現的
這尾囊鰓鰻，
卻在突然間——

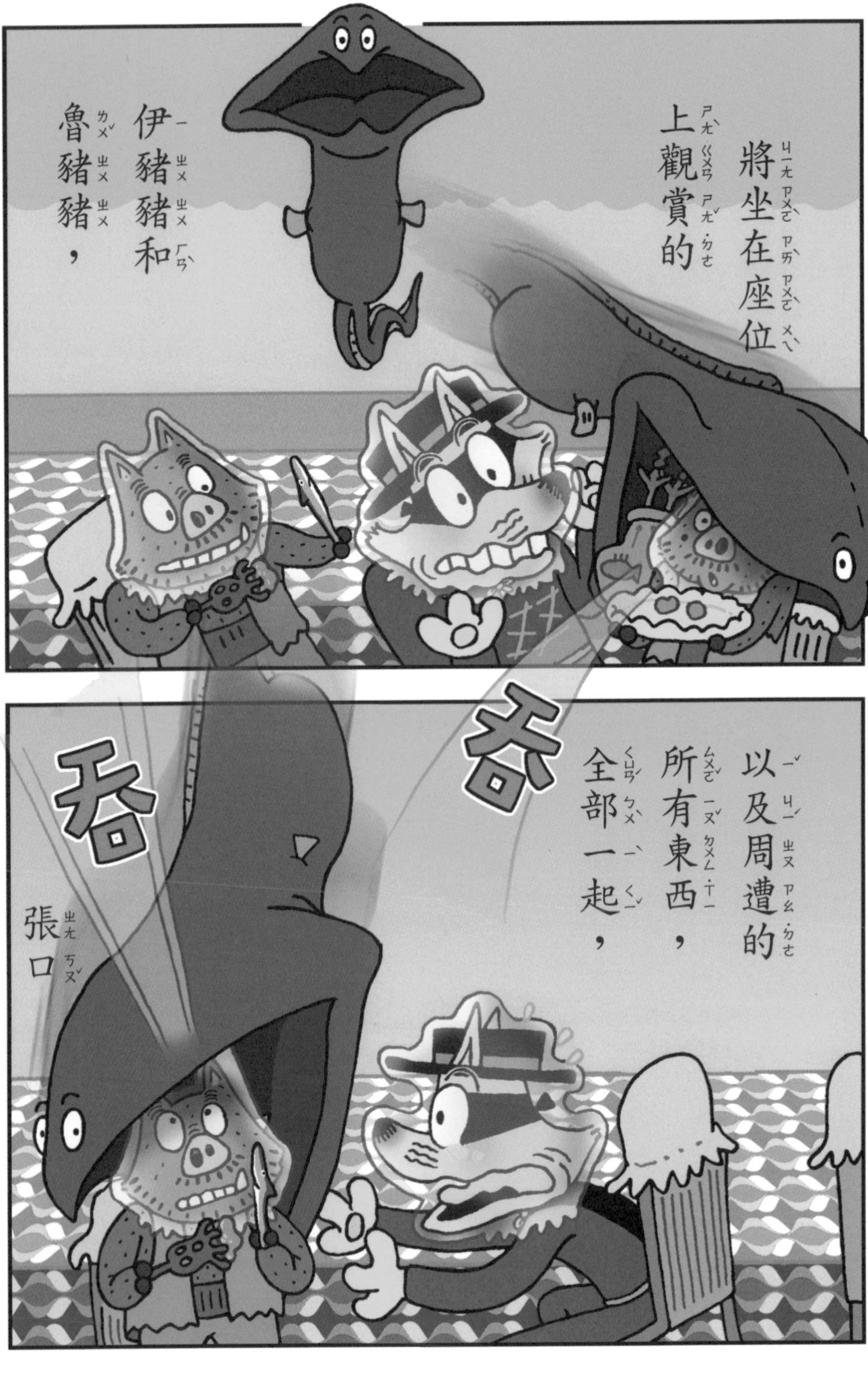
將坐在座位
上觀賞的
伊豬豬和
魯豬豬，
以及周遭的
所有東西，
全部一起，
吞
吞
張口

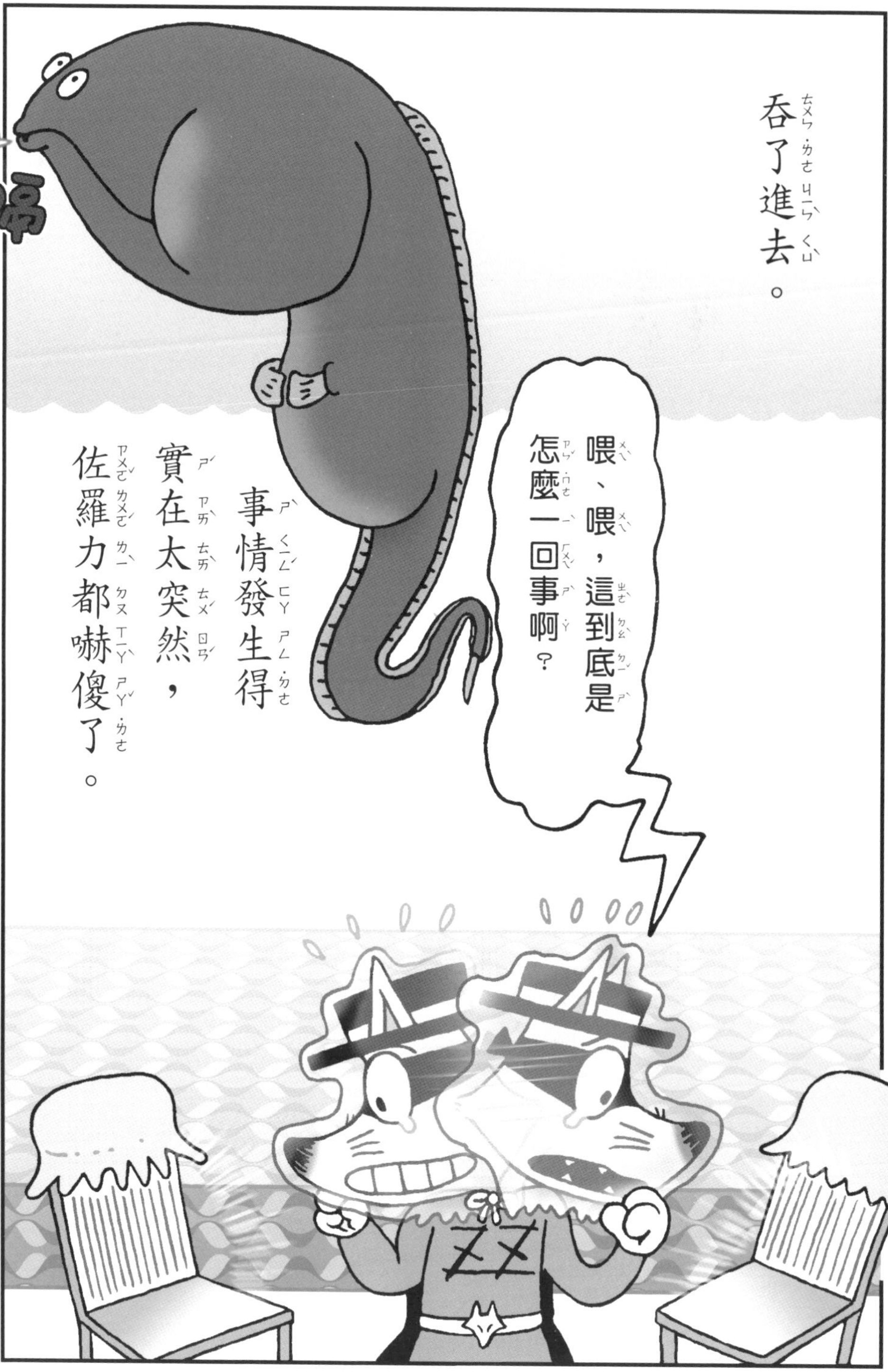
吞了進去。
喂、喂，這到底是怎麼一回事啊？
事情發生得實在太突然，佐羅力都嚇傻了。
嗝

佐羅力先生，請您放心，囊鰓鰻可以隨心所欲的將吞進去的東西，再從肚子裡吐出來。
嗯。
囊鰓鰻用魚鰭砰砰的敲敲肚子，

他的嘴裡，就飛出了剛剛擺在桌上的花瓶。
呼咻
啊，這我知道，就是「幫浦人」啊。本大爺之前還看過有人表演從胃裡吐出金魚來。那麼，請他快點將伊豬豬吐出來。

這個簡單，看我的啦。
嘔嘔
啊！
哦！
碰
咚
啪啪
啪啪
啪啪

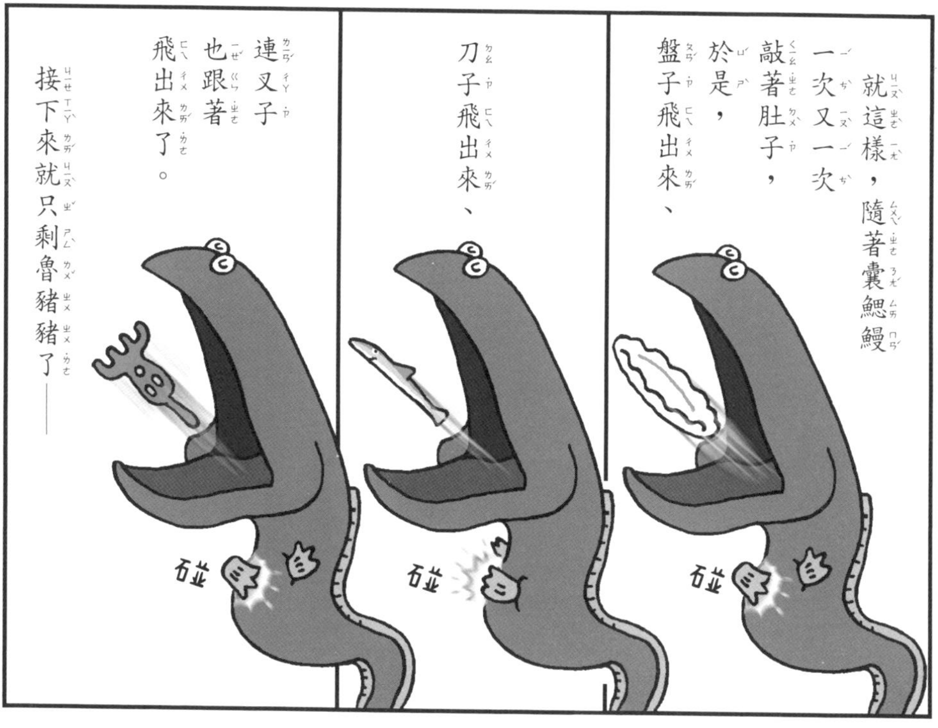
就這樣，隨著囊鰓鰻
一次又一次
敲著肚子，
於是，
盤子飛出來、
碰
刀子飛出來、
碰
連叉子
也跟著
飛出來了。
接下來就只剩魯豬豬了——
碰

囊鰓鰻再一次
用力敲了肚子……
碰

再敲……
碰
……
不管敲幾次……

魯豬豬都沒被吐出來。
對、對不起。
他好像有一點被卡在我肚子很裡面的位置，吐不出來。
魯豬豬～
什麼──？
別擔心，不會有事的，龍宮城裡有醫院，我馬上趕過去，請醫生立刻將魯豬豬取出來還給你們。請兩位稍候。
請別讓魯豬豬在你肚子裡被消化掉了呀──
就在佐羅力感到非常擔心的時候──

「這裡有非常優秀的醫師，
魯豬豬先生很快就會平安無事的。」
智子公主安慰著佐羅力，並接著說：
「對了，我們在這深海中，
一直期待著能出現一位陸地上的人，
他願意愛護大海和各種海裡的生物，
為大家帶來和平。
佐羅力先生，您就是那位真命天子。
如果您願意的話，是否能請您

以成為我的駙馬為前提，跟我交往呢？
我希望您能暫時留在這裡，
和我一塊兒生活。」
智子公主露出微笑，
注視著佐羅力的眼睛。

被電到了啦！

看來佐羅力已經在
這一瞬間裡墜入了愛河。
但是——

如果只有本大爺一個人留在龍宮城，而要與長時間陪伴我一起旅行的伊豬豬和魯豬豬分開，這樣的話，本大爺是無法幸福的。
當然，也要讓伊豬豬和魯豬豬先生留下來談戀愛呀。你看，我正打算介紹那一對一心想與伊豬豬和魯豬豬先生交朋友的雙胞胎姐妹，給他們認識呢。

原本還在吃東西的伊豬豬聽到智子公主的話，立刻停住不吃了。

啊！不只每天都可以
吃到這麼好吃的東西，
還要介紹這麼可愛的
結婚對象給我們？
那我們哪有理由拒絕嘛，
我想，魯豬豬一定也是
這麼想的。

這可是絕無僅有、能夠讓三個人一起獲得幸福的大好機會。

「不過呢，三位如果願意與我們交往，我有一個請求。」

「什麼請求呢？」

面對佐羅力的疑問，智子公主是這樣回答的：

約會的時候，要是男朋友一直戴著水母頭罩，這樣很不浪漫嗎？
是這樣沒錯啦。要是有辦法在海裡面呼吸的話，我現在就想立刻脫掉這個水母頭罩。
啊，
真的嗎？這樣的話，我有好辦法喔。這得馬上進行準備才行，請稍等，我先去一下醫院。
智子公主聽了，滿懷欣喜的帶著婢女，從房間飛奔而出。

準備？醫院？
應該是要去醫院把魯豬豬帶回來啦。我們三個一定要到齊，才能夠為約會做準備呀。
對喔。那個能夠讓我們脫掉水母頭罩自由呼吸的辦法，大概也會需要先做一些準備吧。
而此時在醫院裡，大夥兒正討論著這樣的話題。

真的可以替佐羅力先生他們進行「鰓呼吸手術」嗎？
嗯，他說為了我，就算要將水母頭罩拿下來也無所謂。
沒錯，地上的生物如果想要不戴水母頭罩在海中自由呼吸，只能改造身體結構，變成用鰓呼吸。我明白了，那麼，大家開始進行手術的準備工作吧。
手術過後的囊鰓鰻由於麻醉藥生效，正在昏睡中。

他們所說的這些話，
全都被一旁躺在病床上的魯豬豬
聽得一清二楚。
他好不容易才從囊鰓鰻的肚子裡被取出來，
正躺在這裡休息。
「咦？我們全部要一起接受手術，
變成用鰓呼吸嗎？」
魯豬豬感到難以置信，
他猛的從床上一躍而起——

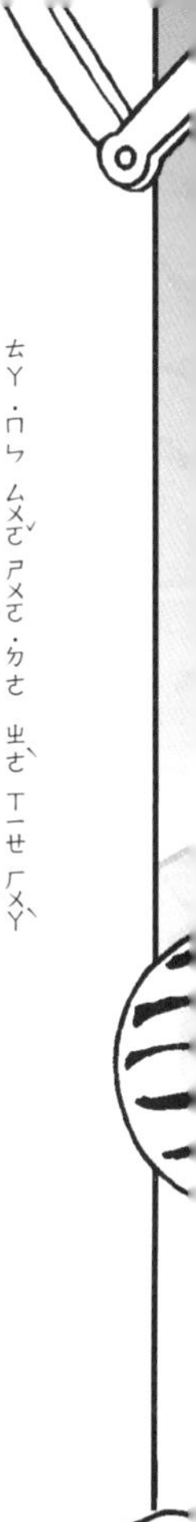

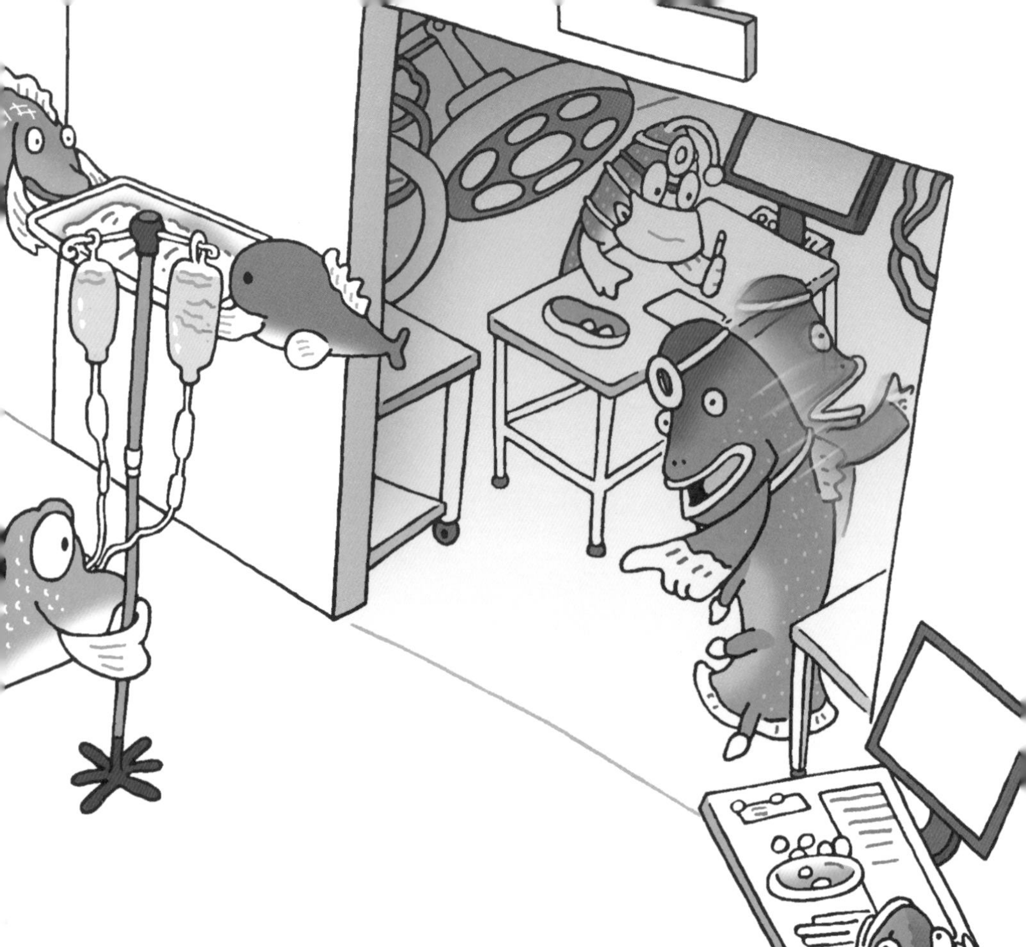

他決定親自去
向佐羅力確認
這件事的真假。
幸好，
醫院裡的人
正因臨時決定

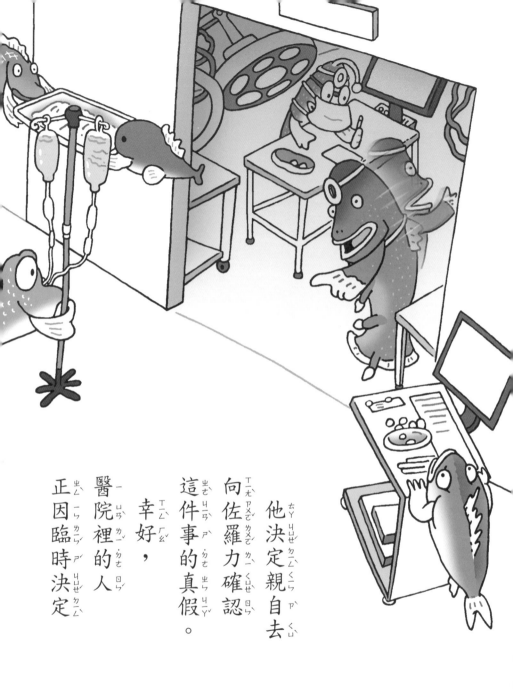

要替佐羅力他們進行手術，
全都忙碌的準備著。
不管是誰，
都沒時間、也沒精神
注意到魯豬豬。
於是，魯豬豬匆匆忙忙的
跑出醫院，
以最快的速度飛奔到
佐羅力和伊豬豬所在的大廳。

碰
佐羅力大師，我們真的要接受「鰓呼吸手術」嗎？醫院那邊已經開始做準備了。
佐羅力大師你是不是對智子公主說你想脫掉水母頭罩，答應要讓他們進行「鰓呼吸手術」？
哦——魯豬豬！
啊？你在說什麼？
我是說過我想要脫掉水母頭罩沒錯……

但是我不記得我說過要接受手術呀。

手術？恐怖死了，我不要啊——

當伊豬豬嚇得簌簌發抖時，傳來了一陣敲門聲——

叩叩叩叩

「手術已經全部準備就緒了。」這時門也隨著這說話的聲音打開了。

然而，佐羅力他們早已經全部消失得無影無蹤。

他們三人從另一邊的門逃了出去，

急忙往潛水艇停靠的中庭那兒趕過去。

這時——

無論如何，他們一定要在被抓去動手術之前，逃離龍宮城不可。

走入大廳的智子公主，
因為佐羅力突然消失
而大受打擊。
「他一定是聽到我說
要做手術前的準備，
所以心生恐懼，
才會趕快逃走了。」

啊，像佐羅力先生這麼理想的駙馬人選，看來是很難再次遇到了。雖然說是動手術，卻一點也不痛、一點也不可怕的，

絕對可以大大放心。要是我當時有好好的向他們說明清楚，他應該會欣然接受的，嗚嗚。
快追，他們幾個應該還沒有走得太遠。
一定要找出他們，帶回龍宮城。
去通知其他的深海魚，大家一起出動——

智子公主忍不住痛哭失聲。深海裡的魚兒們看到這個情景，全都一起火速往前追，要去尋找佐羅力他們的蹤跡。

這時，佐羅力他們已經抵達
潛水艇的停放處。
貪吃鬼伊豬豬
把半路上發現的珠寶盒
高高捧在頭頂。
他覺得盒子裡頭一定裝著
與那個美味「幸福珠寶盒」
一樣的便當。
遠遠的那頭，

隱約聽得到

深海魚群正在大舉動員

搜尋佐羅力三人的聲響。

不過，

環顧四周卻看不到

任何魚兒的蹤影。

他們心想都已經跑到這裡，應該大可放心了。

三人停下來稍稍喘了口氣，沒想到——

突然間，深海魚群傾巢而出。
原來，這些深海魚一直藏身在看似沒有任何生物存在的砂礫與岩石之間。
而且，他們一看到佐羅力三人就大喊：

喂——
佐羅力先生、
伊豬豬先生、魯豬豬先生，
原來你們在這裡呀——

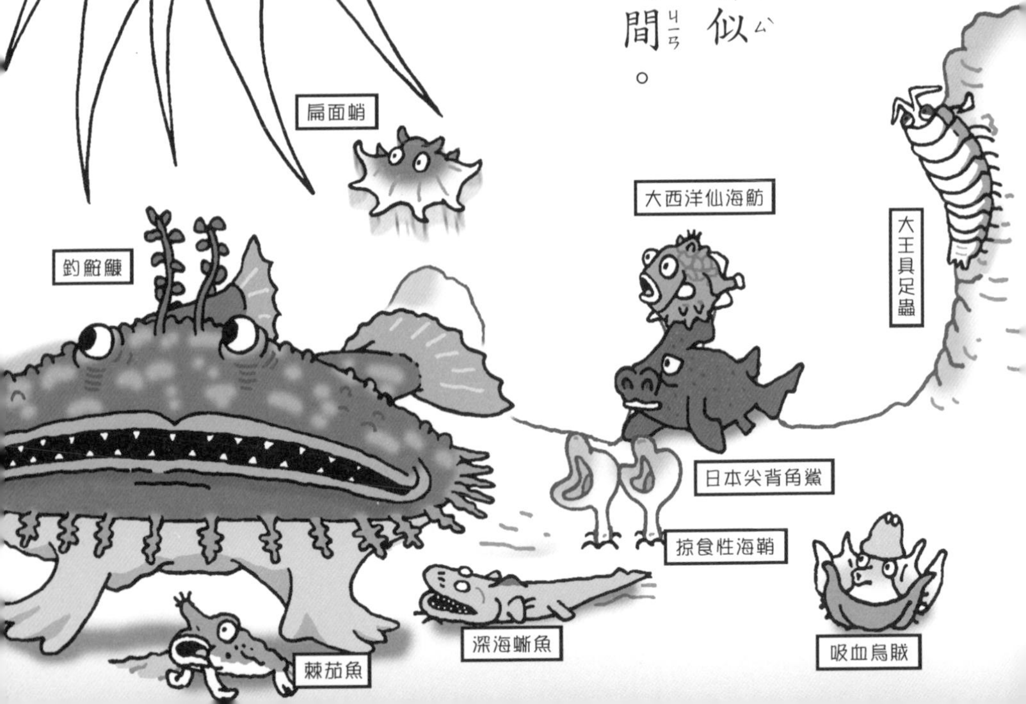

扁面蛸
大西洋仙海魴
釣鮟鱇
大王具足蟲
日本尖背角鯊
掠食性海鞘
深海蜥魚
吸血烏賊
棘茄魚

慌慌張張衝進潛水艇中的佐羅力三人趕緊發動引擎，往陸地上疾駛而去，然而這時，卻有一大團黑影籠罩住他們的頭頂。

巨大的歐氏尖吻鮫
和大王烏賊擋住了
佐羅力他們的去路。

「嘿咿！」
佐羅力緊緊握住操縱桿
不斷往前推進，
想要找出能夠往上脫逃的空隙。

這時，伊豬豬和魯豬豬
大聲尖叫：

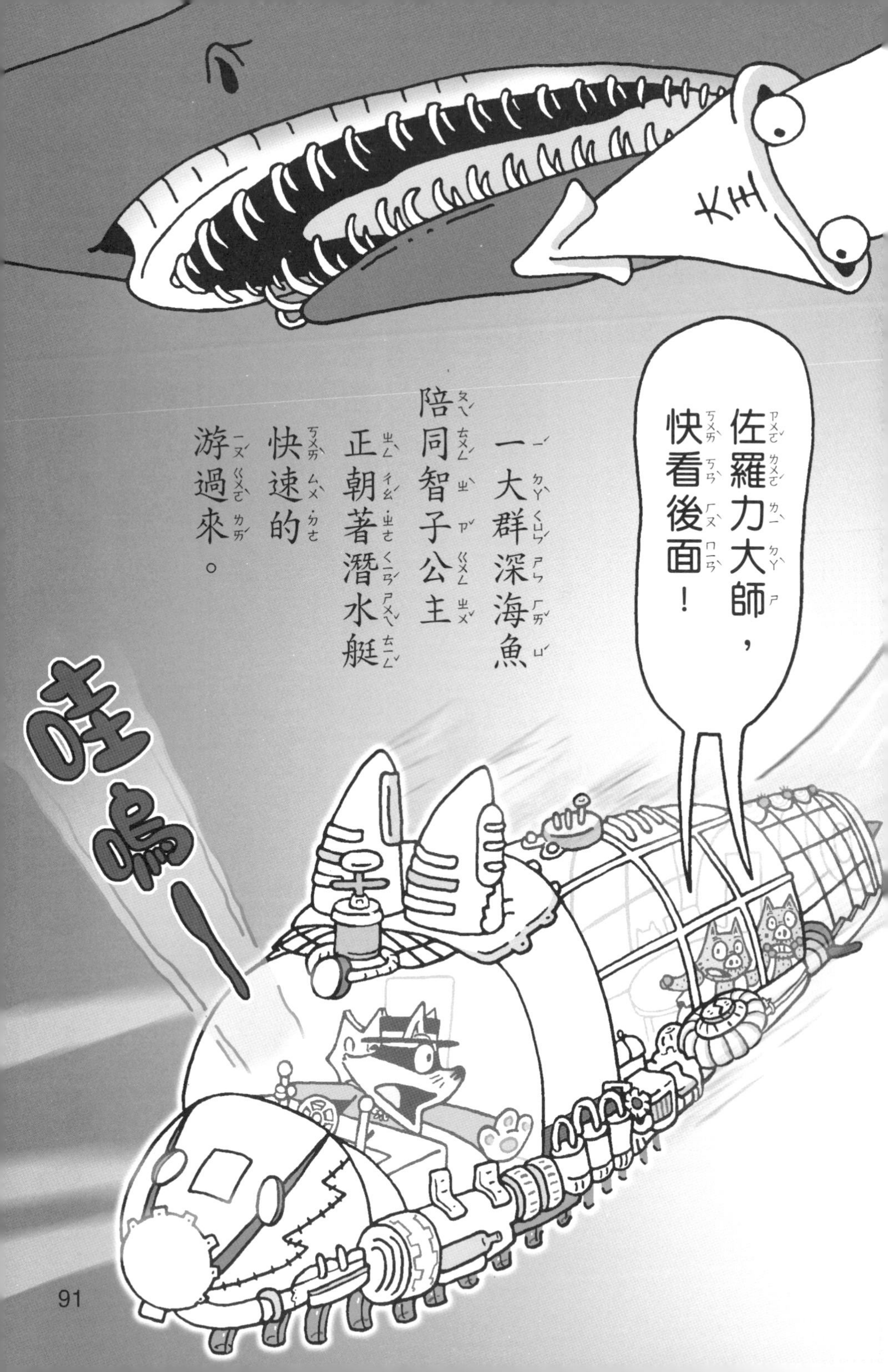
佐羅力大師，快看後面！
一大群深海魚陪同智子公主正朝著潛水艇快速的游過來。
哇嗚—

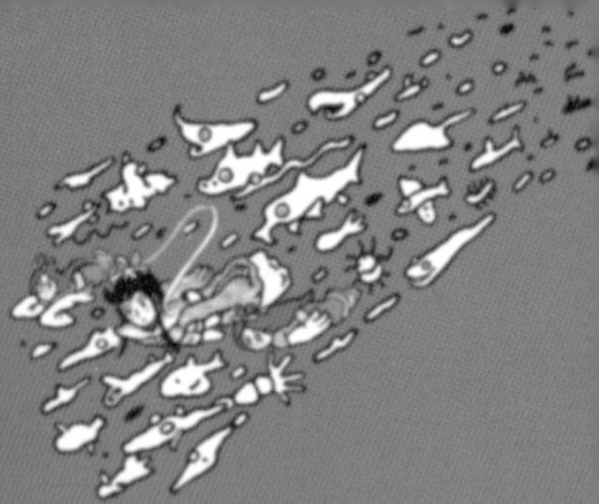

就在佐羅力
將潛水艇的動力加速
提升到最高速的
那一瞬間，
四周陷入了一片黑暗。
這是因為龍宮城裡的
光線已經無法
照射到這裡了。

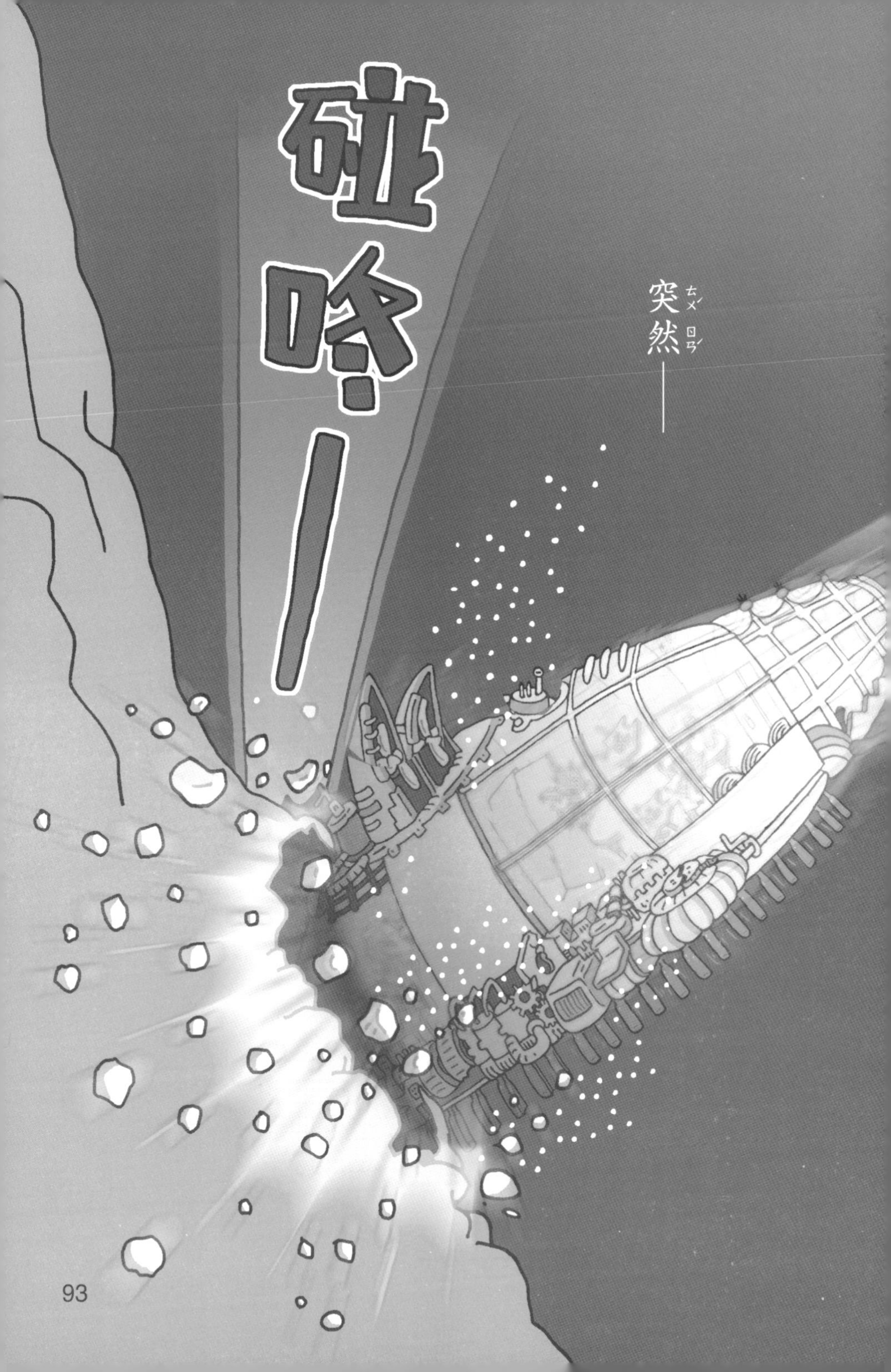
碰咚——
突(ㄊㄨˊ)然(ㄖㄢˊ)——

潛水艇撞上了聳立在
深海底部的崖壁。
潛水艇的前端緊緊卡在崖壁之中，
動也動不了。

連忙趕過來的
智子公主和各種深海魚，
透過潛水艇的窗戶
往內一看，
發現裡頭

不但黑漆漆的，
還充滿了煙霧，
什麼也看不到。
智子公主喚來
會發光的深海魚，
要他們
由窗戶往潛水艇照射光線，
照亮內部。
這一看——

隱隱約約看到了打開的珠寶盒。
珠寶盒的一側，
則是一動也不動的
橫躺著三個看來像人影般的東西。

唉呀，糟了。
他們拿走了珠寶盒，
並且因為剛剛的撞擊
導致珠寶盒被打開了。
那是要送給想回陸地的人
的禮物。
一旦打開珠寶盒，
人就會變老，

對於待在龍宮城的回憶
也會變得模糊。
如果在這麼狹小的地方打開，
由於效力太過強大，
他們三個不僅會變成老公公，
還可能會變成木乃伊。

智子公主滿臉悲傷，
她嘆著氣，
對深海魚們
這麼說。
接著，

這時，
智子公主的和服裡面
顯露出了
她原本的樣貌，
她其實是一隻
疏刺角鮟鱇。

各位，我真的很抱歉。
能夠與如此珍視大海的
佐羅力他們相遇，
而且讓他們滿意
我們安排的招待，
也決定要留下來了，
卻想不到最後會因為我
說明得不夠清楚，害得他們又
改變了心意。

●若是從一開始就以真面目
去見陸地上的人，
會嚇到他們，
因此在迎接人類的時候，
先變身成他們喜愛的樣子
會更好。
這是疏刺角鮟鱇世界裡的常識。
當然，等到交往之後，
將會慢慢讓他們看到
疏刺角鮟鱇真正的模樣。

不過，我不會放棄的。
我相信陸地上一定還有
像佐羅力先生這麼棒的人。
就讓我們從現在起，
繼續等待著這樣的人早日出現吧。

智子公主他們
誠心為佐羅力三人祈禱之後，
便循原路返回龍宮城了。
然而，佐羅力他們三人，
真的就要永遠沉睡在
這深海之中嗎？

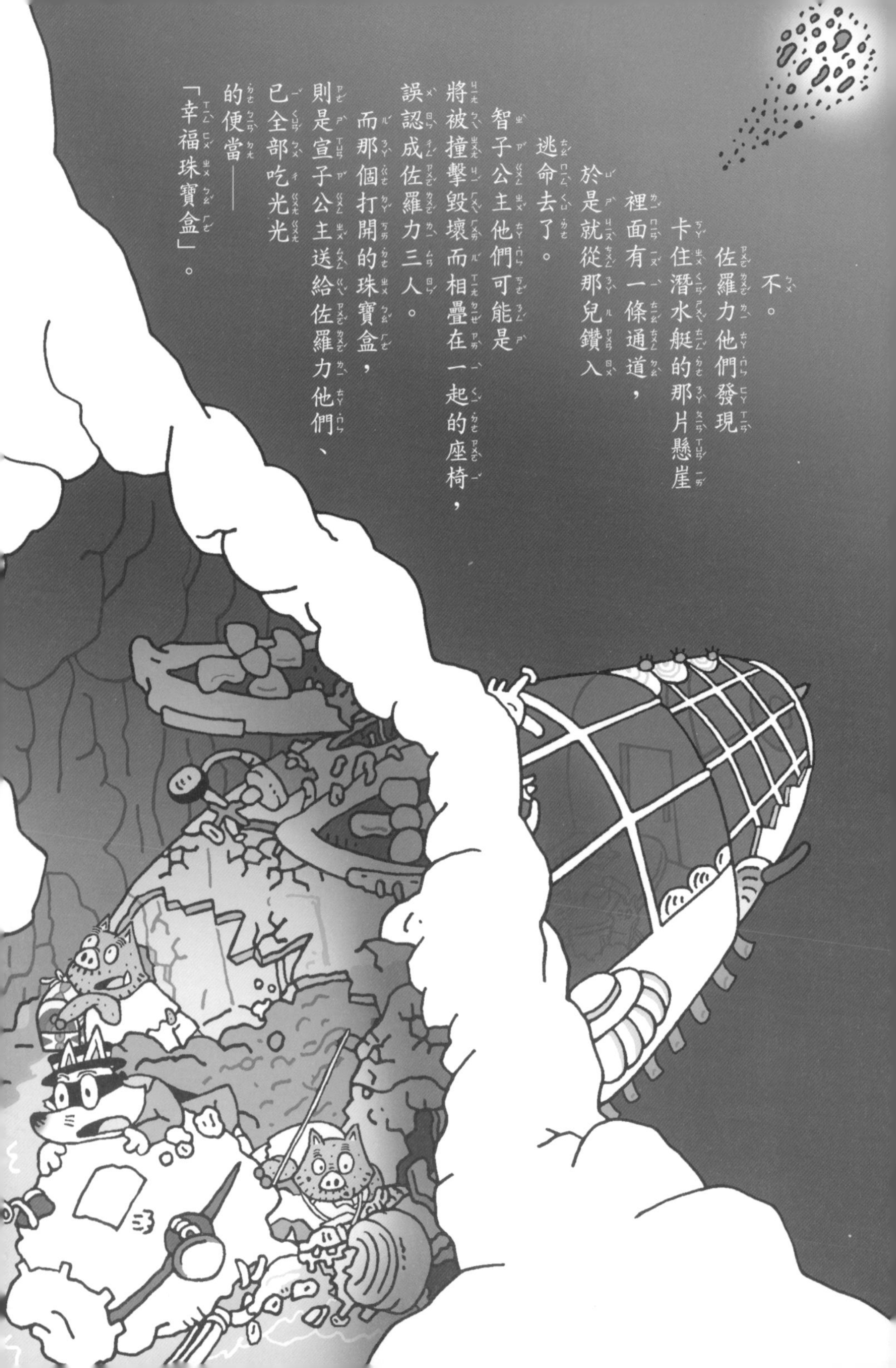

不。

佐羅力他們發現
卡住潛水艇的那片懸崖
裡面有一條通道，
於是就從那兒鑽入
逃命去了。

智子公主他們可能是
將被撞擊毀壞而相疊在一起的座椅，
誤認成佐羅力三人。

而那個打開的珠寶盒，
則是宣子公主送給佐羅力他們、
已全部吃光光
的便當——
「幸福珠寶盒」。

歷經種種起伏和波折，最後智子公主總算放棄了佐羅力，這真是太好了。

在通道裡面還有可以供給呼吸的氧氣，於是佐羅力他們一路爬到了通道最深處。

這時——

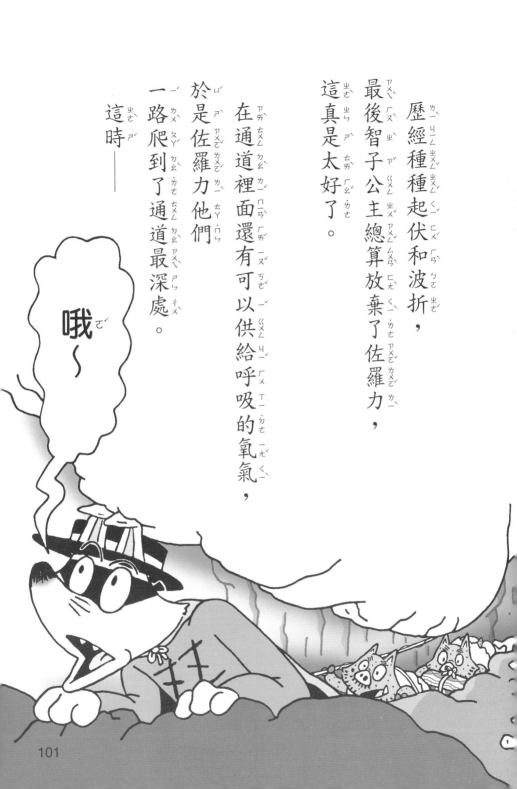

在他們眼前出現了一個寬敞的洞窟，在發光苔蘚的照耀下，一直到很高很高的上方都清晰可見。
智子公主迷戀本大爺，追著本大爺跑，這麼受歡迎，感覺是很好啦，但要動手術變成用鰓呼吸的魚，那還得再考慮考慮，畢竟本大爺長時間以來都是用肺呼吸呀。就算現在，我也不打算回心轉意，嘻嘻呵呵。
來吧，我們朝著洞窟上方奮勇前進，應該就能離開這裡抵達地上。
佐羅力始終認定智子公主是個大美女，所以他的心情很嗨。知道智子公主真面目的各位讀者，請千萬別向他揭穿這個祕密喔。
魯豬豬的保冰箱裡，放了好幾個從潛水艇拿出來的可燃冰。因爲覺得扔了可惜，所以水母頭罩也被收進裡面。

為了能沐浴在新鮮空氣和耀眼陽光之中，
大家出發啦——
反正，如果累了、肚子餓得咕咕叫，我們還有這個珠寶盒喔。一邊期待三個人一起分著吃便當的時光，一邊努力往上爬吧。

啊——接下來還要爬上這麼陡的崖壁喔。

接下來的冒險，
請看下一集《怪傑佐羅力之地底大探險》。

佐羅力他們能否平安無事的回到陸地上呢？

請衷心祈禱，伊豬豬可別在半路上打開他手裡那個貨真價實的珠寶盒呀。

作者簡介

原裕 Yutaka Hara

一九五三年出生於日本熊本縣，一九七四年獲得KFS創作比賽「講談社兒童圖書獎」，主要作品有《小小的森林》、《手套火箭的宇宙探險》、《寶貝木屐》、《小噗出門買東西》、《我也能變得和爸爸一樣嗎？》、【輕飄飄的巧克力島】系列、【膽小的鬼怪】系列、【菠菜人】系列、【怪傑佐羅力】系列、【鬼怪尤太】系列、【魔法的禮物】系列等。

譯者簡介

周姚萍

兒童文學創作者、譯者。著有《我的名字叫希望》、《山城之夏》、《妖精老屋》、《魔法豬鼻子》等作品。譯有《大頭妹》、《四個第一次》、《班上養了一頭牛》、《那記憶中如神話般的時光》等書籍。曾獲「文化部金鼎獎優良圖書推薦獎」、「聯合報讀書人最佳童書獎」、「幼獅青少年文學獎」、「國立編譯館優良漫畫編寫」、「九歌年度童話獎」、「好書大家讀年度好書」、「小綠芽獎」等獎項。

國家圖書館出版品預行編目資料

怪傑佐羅力之海底大探險
原裕 文、圖；周姚萍 譯 --
第一版. -- 臺北市：親子天下, 2020.06
104 面 ;14.9x21公分. --（怪傑佐羅力系列；56）
注音版
譯自：かいけつゾロリのかいていたんけん
ISBN 978-957-503-580-8（精裝）
861.59　　109003741

怪傑佐羅力系列 56

怪傑佐羅力之海底大探險

作者｜原裕（Yutaka Hara）
譯者｜周姚萍

審定｜邵廣昭 國立台灣海洋大學榮譽教授
責任編輯｜張佑旭
特約編輯｜游嘉惠
美術設計｜蕭雅慧
行銷企劃｜高嘉吟

天下雜誌群創辦人｜殷允芃
董事長兼執行長｜何琦瑜
媒體暨產品事業群
總經理｜游玉雪
副總經理｜林彥傑
總編輯｜林欣靜
行銷總監｜林育菁
副總監｜蔡忠琦
版權主任｜何晨瑋、黃微真

出版者｜親子天下股份有限公司
地址｜臺北市 104 建國北路一段 96 號 4 樓
電話｜（02）2509-2800
傳真｜（02）2509-2462

網址｜www.parenting.com.tw
讀者服務專線｜（02）2662-0332
週一～週五：09：00～17：30
讀者服務傳真｜（02）2662-6048
客服信箱｜parenting@cw.com.tw
法律顧問｜台英國際商務法律事務所・羅明通律師
製版印刷｜中原造像股份有限公司
總經銷｜大和圖書有限公司
電話｜（02）8990-2588

出版日期｜2020 年 6 月第一版第一次印行
2024 年 7 月第一版第十次印行
定價｜300 元
書號｜BKKCH025P
ISBN｜978-957-503-580-8（精裝）

訂購服務
親子天下 Shopping｜shopping.parenting.com.tw
海外・大量訂購｜parenting@cw.com.tw
書香花園｜臺北市建國北路二段 6 巷 11 號
電話｜（02）2506-1635
劃撥帳號｜50331356 親子天下股份有限公司

逍遙遊樂園 表演大廳 下個月演出名單
很讚吧？
比目魚
鱒魚
中年鯛隊
鱒魚・比目魚 很讚吧？
雞蛋納豆
小黃瓜壽司
葫蘆乾
糖醋嫩薑
豆皮壽司
吃壽司喲——
牡蠣
鰺原假片隊
來吃壽司了唷！
鰆鰍菜琴
在這裡釣沙梭
是滴～
萬壽魚維民
近畿小鯛
在我背上的魚鰭
沒有全部吃光光的話，
會很遺憾啊。
大胃王
叮叮
請務必大駕光臨
盡情欣賞喔。
好笑鮭
多肉・三文